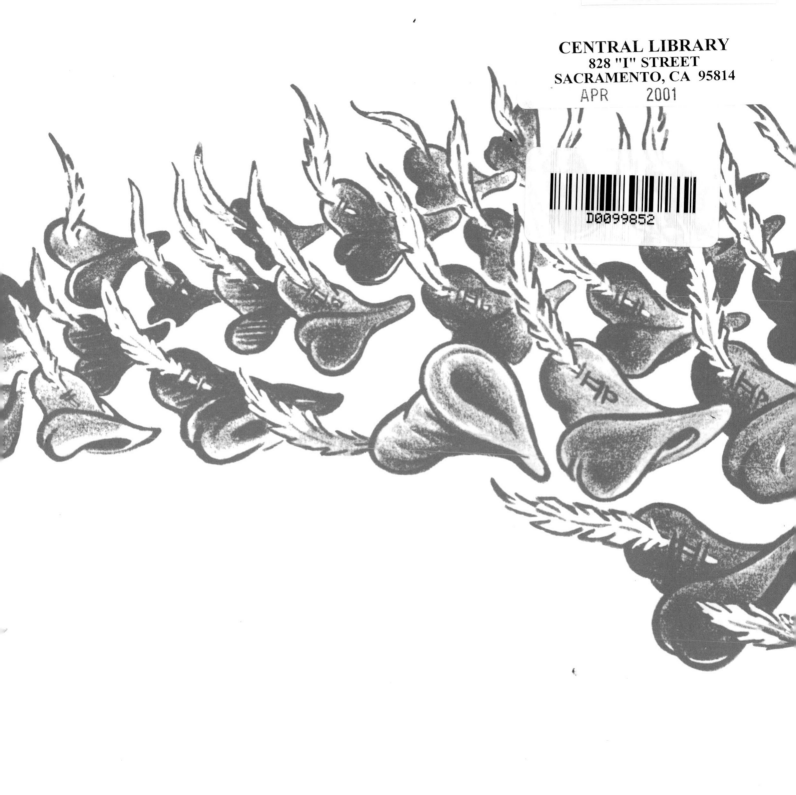

ox10|01

Los 500 sombreros

DE BARTOLOMÉ CUBBINS

Dr. Seuss

Traducido por Eida de la Vega

LECTORUM
PUBLICATIONS, INC.
111 EIGHTH AVE., NEW YORK, NY 10011-5201

A Chrysanthemum-Pearl

(de 89 meses, casi 90)

This edition is published by Lectorum Publications, Inc. by arrangement with
Dr. Seuss Enterprises, L.P.

1-880507-47-1

Printed in Mexico. 49
10 9 8 7 6 5 4 3 2 1

Library of Congress Cataloging-in-Publication Data
Seuss, Dr.
[500 hats of Bartholomew Cubbins. Spanish]
Los 500 sombreros de Bartolomé Cubbins / Dr. Seuss; traducido por Eida de la Vega.
p.   cm.
Summary: Each time Bartholomew Cubbins attempts to obey the King's order
to take off his hat, he finds there is another one on his head.
ISBN 1-880507-47-1   (hc.)
[1. Fairy tales. 2. Hats–Fiction. 3. Spanish language materials.]
I. Vega, Eida de la. II. Title.
[PZ73.S47 1999]
[Fic] - dc21   98-28598
CIP
AC

E N UN principio, Bartolomé Cubbins no tenía quinientos sombreros. Sólo tenía uno. Era un sombrero muy antiguo. Antes que Bartolomé, lo había usado su padre y, antes, el padre de su padre. Probablemente, era el sombrero más viejo de todo el reino de Didd, pero a Bartolomé le encantaba, sobre todo porque tenía una pluma que siempre apuntaba hacia arriba.

El rey Derwin gobernaba el reino de Didd. Su palacio se elevaba en la cima de una montaña. Desde su balcón, podía contemplar las casas de todos sus súbditos. Primero, veía las torres de los castillos de los nobles; más abajo, los amplios tejados de las mansiones de la gente rica. Y por último, detrás de las humildes casas de la gente del pueblo, podía ver las cabañas de los campesinos.

Era una vista extraordinaria que hacía sentir al rey Derwin extraordinariamente importante.

Allá lejos, en el campo, al lado de un bosquecillo de arándanos, estaba la cabaña de la familia Cubbins. Desde la puerta, Bartolomé podía abarcar con la vista las cabañas de los campesinos, las casas de la gente del pueblo, las mansiones de los hombres ricos, los castillos de la nobleza y, por último, el imponente palacio del Rey, que se elevaba en la cima de la montaña. Era exactamente la misma vista que tenía el rey Derwin desde su balcón, pero al revés.

Era una vista extraordinaria que hacía sentir a Bartolomé extraordinariamente pequeño.

Un sábado por la mañana, bien temprano, Bartolomé se encaminó hacia el pueblo. Se sentía muy feliz mientras la brisa jugueteaba con la pluma de su sombrero. En la mano derecha, llevaba una cesta de arándanos para vender en el mercado. Quería venderlos enseguida y llevarles el dinero a sus padres.

Con esta idea en mente caminó cada vez más rápido hasta llegar a las puertas del pueblo.

El sonido de unas trompetas llenó el aire. Los cascos de los caballos resonaban por las calles de adoquines.

—¡Paso al Rey! ¡Paso al Rey! ¡Abran paso al Rey!

La gente se subió a las aceras y apartaron las carretas. Bartolomé agarró la cesta con fuerza.

Por la esquina aparecieron cincuenta trompeteros montados en caballos engalanados con mantos amarillos. Detrás de ellos, venía la Guardia Real montada en caballos ataviados de rojo.

—¡Saluden al Rey! —gritó el Capitán de la Guardia Real.

Poco después, retumbando como un trueno, apareció en la estrecha callejuela la carroza real —blanca, dorada y púrpura.

Pasó junto a Bartolomé y, de pronto, se escuchó un chirrido de frenos. La carroza se detuvo, al igual que todo el cortejo.

Bartolomé no podía creer lo que veía. Asomado a la ventanilla del carruaje, ¡el Rey lo miraba precisamente a él! Bartolomé comenzó a temblar.

—¡Atrás! —ordenó el monarca al Cochero Real.

El Cochero Real dio orden a los caballos reales. La Guardia Real dio orden a los caballos ataviados de rojo. Los trompeteros dieron orden a los caballos engalanados de amarillo. Y muy lentamente, todo el cortejo dio marcha atrás, hasta que la carroza del Rey se detuvo delante de Bartolomé.

El Rey se asomó a la ventanilla de la carroza y miró fijamente a Bartolomé Cubbins.

—¿Y bien? —le preguntó el monarca—. ¿Y bien?

Bartolomé comenzó a temblar de pies a cabeza. "Debo contestarle", pensó para sí, pero no se le ocurría nada.

—¿Y bien? —le preguntó el Rey de nuevo—. ¿Te quitas o *no* te quitas el sombrero ante tu Rey?

—Sin lugar a dudas, Su Majestad —contestó Bartolomé con alivio—. Por supuesto que me quito el sombrero ante mi Rey.

—Pues si es así, ¡quítatelo en este mismo instante! —le ordenó el Rey, alzando la voz.

—Pero, Majestad, si ya me he quitado el sombrero —respondió Bartolomé desconcertado.

—¡Qué impertinencia! —gritó el Rey, agitando el dedo con enojo—. ¿Cómo te atreves a decirme que te has quitado el sombrero?

—Su Majestad, no quisiera decirle que está usted equivocado —dijo Bartolomé cortésmente, mostrándole el sombrero que tenía en la mano.

—Si eso que tienes en la mano es tu sombrero, ¿qué es lo que tienes en la cabeza? —preguntó el Rey.

—¿En la cabeza? —murmuró Bartolomé, palpándosela. Al hacerlo comprobó sorprendido, ¡que tenía otro sombrero puesto!

La cara de Bartolomé enrojeció.

—Es un sombrero, Su Majestad —tartamudeó—, pero no puede ser el mío. Alguien me lo habrá puesto sin que yo me diera cuenta.

—¡No me importa cómo llegó a tu cabeza! —vociferó el Rey—. ¡Quítatelo!

El Rey desapareció dentro del carruaje. Bartolomé se quitó rápidamente el sombrero y lo contempló asombrado. ¡Aquel sombrero era exactamente igual al suyo! El mismo tamaño, el mismo color ¡y hasta la misma pluma!

—¡Por la Corona de mis Antepasados! —rugió el Rey, asomándose otra vez sobre la portezuela—. ¿Acaso no te ordené que te quitaras el sombrero?

—Sí, Su Majestad . . . y yo me lo quité. Me lo he quitado dos veces.

—¡Pamplinas! —gritó el monarca—. Todavía tienes un sombrero en la cabeza.

—¿Otro sombrero? —se asombró Bartolomé, mientras se tocaba la cabeza.

—Vamos, ¿qué significa todo esto? —preguntó el Rey, rojo de ira.

—No sé, Su Majestad —respondió el niño—. Nunca me había pasado.

El Rey temblaba con tal furia que el carruaje se tambaleaba y el Cochero Real apenas podía permanecer en su asiento.

—¡Arreste a este insolente tramposo! —ordenó el Rey al Capitán de la Guardia Real—. ¡Ya le enseñaremos a quitarse el sombrero!

El Cochero Real chasqueó el látigo y la carroza se alejó en dirección al palacio.

El Capitán de la Guardia Real se inclinó y agarró a Bartolomé por la camisa. ¡La cesta salió despedida por los aires y los arándanos rodaron por los adoquines hasta la cuneta!

Entre el tintineo de las espuelas y el repicar de las herraduras de los caballos, el capitán y Bartolomé recorrieron las estrechas callejuelas hasta atravesar las puertas del pueblo y tomar el camino de la montaña en dirección al palacio del Rey. Bartolomé se aferró a la espalda del capitán. Siguieron galopando y dejaron atrás los vistosos jardines de los ricos y los castillos amurallados de los nobles. . .

Mientras subían a todo galope por la montaña, el viento voló el sombrero que Bartolomé llevaba en la cabeza. ¡Fuf! ¡Fuf! . . . volaron dos sombreros más. ¡Fuf! ¡Fuf! ¡Fuf! Se voló otro sombrero y otro más . . . 4 . . . 5 . . . 6 . . .7 –contaba Bartolomé según iban apareciendo, cada vez más rápido. Los caballeros y las damas se asomaban a las ventanas de las torrecillas, preguntándose qué significaba aquel río de sombreros.

Atravesaron el puente levadizo, las puertas del castillo y entraron en el patio. El capitán frenó su cabalgadura.

–Su Majestad espera en el Salón del Trono –dijo un guardia saludando al capitán.

–¡En el Salón del Trono! –exclamó el capitán, mientras desmontaba a Bartolomé–. No me gustaría nada estar en tu pellejo, muchacho –dijo moviendo la cabeza con pesar.

Por un momento, Bartolomé sintió mucho miedo, pero luego pensó para sí: "El Rey no puede castigarme, ya que no he hecho nada malo. Sería una cobardía de mi parte sentir miedo".

Y con paso firme se dirigió hacia el interior del palacio.

–Sigue derecho por la alfombra negra –le indicó el guardia que estaba en la puerta.

–¿No quiere quitarse el sombrero? No, no se lo quiere quitar –murmuraban los nobles de la corte a medida que Bartolomé avanzaba por el corredor.

Bartolomé caminó y caminó hasta llegar al centro del Salón. El Rey, con su majestuoso manto escarlata, estaba sentado en el trono. A su lado estaba el Caballero Alarico, Consejero Mayor de la Corte, que llevaba sujeta al cinto, en vez de una espada, una regla de plata. Los caballeros y los nobles guardaban un solemne silencio.

El Rey bajó la vista hasta Bartolomé y le dijo con voz severa:

—Joven, voy a darte otra oportunidad. Por última vez, ¿te quitarás el sombrero en señal de respeto ante tu Rey?

—Sí, Majestad —respondió Bartolomé con toda la cortesía que le fue posible—. Me lo quitaré, pero no creo que sirva de nada. Se quitó el sombrero, pero, tal y como había sucedido anteriormente, otro sombrero apareció de inmediato sobre su cabeza. Así, Bartolomé fue quitándose un sombrero tras otro hasta que quedó rodeado de un montón de sombreros.

Los caballeros y nobles estaban tan asombrados que no podían hablar. Nunca había ocurrido algo semejante en el Salón del Trono.

—¡Cielos! —exclamó el Caballero Alarico, Consejero Mayor de la Corte, parpadeando detrás de sus lentes triangulares—. ¡Se ha quitado ya 45 sombreros!

—¡Añada tres que se quedaron en el pueblo! —dijo el Rey.

—Más ochenta y siete que se volaron mientras galopábamos por la colina —dijo Bartolomé, tratando de ser útil.

—¡Ciento treinta y cinco sombreros! —sentenció el Caballero Alarico, mientras anotaba la cifra en un largo pergamino.

—¡Caballero Alarico! —interrumpió impaciente el Rey—. ¿Qué piensa usted de todo esto?

—Majestad —dijo el Caballero Alarico—, le aconsejo que llame a un experto en sombreros.

—¡Magnífica idea! —asintió el Rey—. Guardias, traigan al Caballero Copete, artesano de los sombreros de la corte.

Enseguida entró al Salón del Trono un hombrecillo pequeñísimo, con el sombrero más alto que Bartolomé había visto en su vida. Era el Caballero Copete y, en lugar de espada, lucía en el cinto unas flamantes tijeras.

—Inspeccione el sombrero de este joven —ordenó el Rey.

El Caballero inspeccionó el sombrero y, con cara de disgusto, se inclinó ceremoniosamente ante el Rey.

—Majestad, yo, el Caballero Copete, artesano de todos los sombreros de la corte, confecciono sombreros de telas de oro, de seda, piedras preciosas y plumas de avestruz. ¿Y usted me pregunta qué pienso de ese sombrero? ¡Puaj! Pues le diré que es el sombrero más ordinario sobre el que se ha posado mi vista.

—En ese caso debe ser muy sencillo para usted quitárselo.

—Sencillísimo —dijo el Caballero Copete con altivez y, alzándose en la punta de los pies, empujó el sombrero de Bartolomé con su rechoncho dedo pulgar. El sombrero cayó al suelo, pero al instante apareció otro sobre la cabeza de Bartolomé.

—¡Caracoles! —chilló el Caballero Copete y, dando un salto descomunal, salió volando del Salón del Trono.

—¡Caramba! —el Rey parecía realmente intrigado—. Si el Caballero Copete no puede quitárselo, debe ser un sombrero *verdaderamente* extraordinario.

—Ciento treinta y seis —escribió el Caballero Alarico, frunciendo el ceño—. Majestad, le aconsejo llamar a los sabios del reino.

—¡Magnífica idea! —asintió el Rey—. ¡Guardias, traigan a Nadd! Nadd sabe todo lo que sucede en mi reino.

Entró en el Salón un hombre muy, muy viejo. Miró el sombrero que estaba en la cabeza de Bartolomé y luego el montón de sombreros que reposaban en el suelo.

—Nadd, mi querido sabio, ¿puedes quitarle el sombrero a este joven? —preguntó el Rey. Nadd negó solemnemente con la cabeza.

—Entonces, traigan ante mi presencia al padre de Nadd —ordenó el soberano—. Él sabe todo lo que sucede en mi reino y en el resto del mundo.

Entró en el Salón un hombre aún más viejo. Pero cuando miró los sombreros de Bartolomé, el padre de Nadd se sujetó la barba y no dijo una sola palabra.

—¡Pues traigan al padre del padre de Nadd! —ordenó el Rey—. Él sabe todo lo que sucede en mi reino, en el resto del mundo y en todos los mundos posibles.

Entonces, entró al Salón un hombre viejísimo. Pero cuando miró a Bartolomé, sólo atinó a mordisquearse la punta de su larguísima barba.

—¿Significa esto que no hay *nadie* en todo mi reino que pueda quitarle el sombrero a este muchacho? —vociferó el Rey.

En ese momento, se oyó una vocecilla que llegaba a través de la ventana del balcón:

—¿Qué sucede, tío Derwin? —a Bartolomé le pareció la voz de un niño.

El Rey se asomó al balcón y se inclinó sobre la baranda de mármol.

—Aquí hay un chico, más o menos de tu edad, que no quiere quitarse el sombrero —le explicó el Rey.

Bartolomé caminó en puntillas detrás del Rey y miró hacia abajo. Vio a un niño con un enorme cuello de encaje que empinaba la nariz con altanería. Era el Gran Duque Wilfredo, sobrino del Rey.

—Haz que baje a verme —dijo el Gran Duque Wilfredo—. Yo me encargaré de él.

El Rey se quedó pensativo. Se echó la corona hacia atrás y se rascó la cabeza.

—Bueno, quizás tú puedas lograrlo. No se pierde nada con probar. ¡Llévenlo ante el Gran Duque Wilfredo! —ordenó el Rey.

Dos de los guardias reales condujeron a Bartolomé fuera del Salón del Trono.

—¡Bah! —exclamó el Gran Duque Wilfredo, mirando el sombrero de Bartolomé, mientras reía con maldad—. ¿Es ése el sombrero que nadie puede quitarte? Colócate allí —y le señaló una esquina donde la muralla se curvaba hacia afuera—. Necesito practicar el tiro al blanco.

Cuando Bartolomé vio que el Gran Duque Wilfredo sólo tenía un arco de juguete, no se asustó y replicó con orgullo:

—Yo puedo tirar con el arco grande de mi papá.

—Mi arco basta y sobra para disparar a un sombrero, especialmente al tuyo —respondió Wilfredo, e hizo silbar una flecha. ¡Zum! Ésta rozó la frente de Bartolomé y le arrancó el sombrero que voló por encima del parapeto. Pero enseguida le apareció otro sombrero en la cabeza. ¡Zum! ¡Zum! Las flechas volaron una tras otra hasta que el carcaj del Gran Duque se vació. Y todavía, sobre la cabeza de Bartolomé, quedaba en pie un sombrero.

—¡Así no vale! —gritó el Gran Duque. Tiró su arco al suelo y lo
pisoteó—. ¡Así no vale!

—¡Ciento cincuenta y cuatro sombreros! —tragó en seco el
Caballero Alarico.

—¡Estos sombreros me están volviendo loco! —la voz del Rey resonó
por todo el palacio—. No perdamos tiempo con un arco de juguete.
Traigan el arco más poderoso del reino. ¡Traigan al Arquero Mayor!

—¡El Arquero Mayor! —repitieron todos los caballeros y nobles
de la corte.

Un hombre gigantesco atravesó la terraza. Su arco era tan grande como la rama de un árbol, la flecha medía el doble del tamaño de Bartolomé y era más ancha que su muñeca.

—Arquero Mayor —dijo el Rey—, dispara al sombrero de ese chico y hazlo desaparecer para siempre.

Bartolomé temblaba tanto que casi no podía mantenerse derecho. El Arquero Mayor tensó el poderoso arco y la flecha silbó como un avispón enfurecido. ¡ZUM! La punta atravesó el sombrero, y lo arrastró por el aire media milla hasta que se clavó en el tronco de un roble. Pero ya en la cabeza de Bartolomé había aparecido otro sombrero.

La cara del Arquero Mayor se puso tan blanca como las blancas paredes del palacio.

—¡Magia negra! —gritó despavorido el Arquero Mayor.

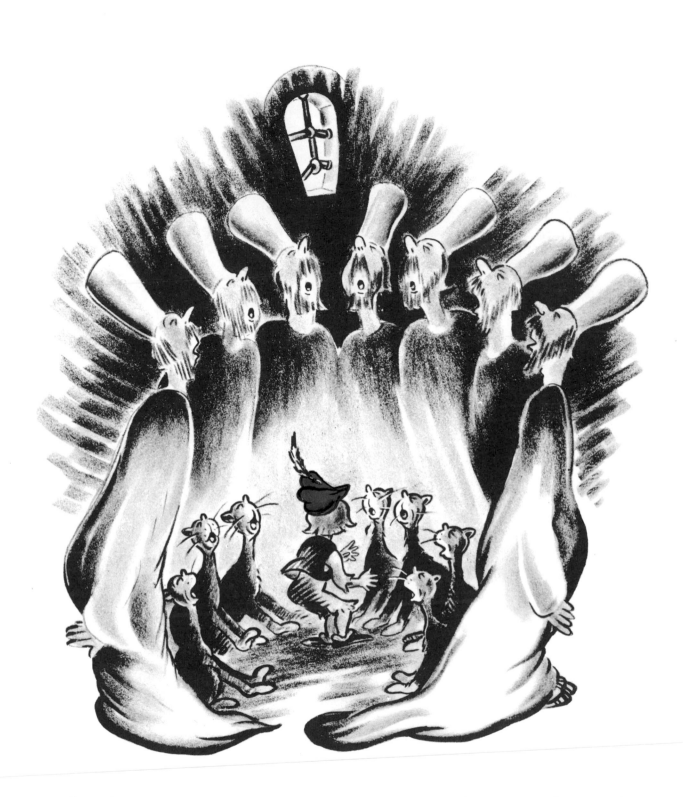

　–¡Magia negra! *¡Eso es!* —suspiró el Rey con alivio—. Debí haberlo pensado antes. Eso simplifica el asunto. ¡Regresemos al Salón del Trono! ¡Llamen a los magos!

En todo el Salón no se escuchaba el zumbido de una mosca. De la escalera de caracol que conducía a la torre suroeste provenía el sonido de unos pies que se arrastraban lentamente. ¡Los magos se acercaban! Entonaban bajo y despacio unas palabras extrañas. . .

> *Cava un hueco de una milla*
> *Hasta que encuentres la arcilla*
> *Donde se oculta la noche*
> *Tambe, bambe, tiche, toche.*

Siete magos con túnicas negras entraron al Salón. Iba, junto a cada uno de ellos, un delgado gato negro. Rodearon a Bartolomé Cubbins pronunciando unos sonidos profundos y misteriosos.

–¡Detengan ese murmullo inútil! –ordenó el Rey–. Quiero un conjuro que haga desaparecer el sombrero de este chico.

Los magos se apiñaron en torno a Bartolomé y cantaron:

> *Abracadabra*
> *Pata de cabra*
> *Haz que la tierra se abra*
> *Y se vean mil reflejos*
> *Que el demonio que está en el sombrero*
> *vuele bien lejos.*
> *Aúllen los hombres*
> *Aúllen sin cesar.*
> *Maúllen los gatos*
> *Maúllen sin parar.*
> *Que el demonio que está en el sombrero*
> *salte, se escape, se arrastre bien lejos.*
> *¡Y que no vuelva jamás!*

—Un conjuro bien poderoso —dijo el Rey complacido—. ¿Están seguros de que funcionará?

Los magos asintieron a la vez.

—Pero todavía *parece* que hay un sombrero sobre la cabeza del chico —señaló el Rey—. ¿Cuánto tiempo falta para que el conjuro surta efecto?

"Paciencia, Señor, que sin penas ni daños
El sombrero se irá en apenas diez años"

—cantaron los magos.

—*¡Diez años!* —se quedó el Rey sin aliento—. ¡Fuera, tontos! ¡Fuera de mi vista! No puedo esperar diez años para deshacerme de ese sombrero. Oh, ¿*qué* puedo hacer? . . . ¿*qué* puedo hacer?

—Si yo fuera Rey —susurró el Gran Duque Wilfredo—, le haría cortar la cabeza.

—Una idea horrible —dijo el Rey, mordiéndose el labio—, pero no creo que tenga otra alternativa.

—Muchacho —le dijo a Bartolomé Cubbins, al tiempo que señalaba una puertecilla al fondo del Salón—, baja a las mazmorras y dile al verdugo que te corte la cabeza.

A Bartolomé se le cayó el alma a los pies, pero no se atrevió a desobedecer al Rey. "*Tengo* que librarme de este sombrero —se decía mientras bajaba la larga y oscura escalera—. Ésta es mi última oportunidad".

Uno tras otro se arrancaba los sombreros "...156...157...158..."
Cada vez sentía más el frío y la humedad. "...217...218...219...",
y continuó bajando por las oscuras escaleras. "...231...232...233..."
A Bartolomé le pareció que ya debía estar en el mismo corazón de la
montaña.

—¿Quién anda ahí? —dijo una voz desde la oscuridad.

Bartolomé dobló una esquina y entró en las mazmorras.

El verdugo silbaba y balanceaba su hacha de un lado a otro, sin otra cosa que hacer. A pesar de su oficio, parecía un hombre muy amable.

—El Rey ordena que me corte la cabeza —le comunicó Bartolomé.

—Oh, no me gustaría hacerlo —contestó el verdugo mirándolo amistosamente—. Pareces un buen chico.

—Bueno. . . el Rey lo ordenó —dijo Bartolomé—. Así que, por favor, terminemos de una vez.

—Está bien —suspiró el verdugo—, pero primero tienes que quitarte el sombrero.

—¿Por qué? —preguntó Bartolomé.

—No sé —respondió el verdugo—. Es una ley. No puedo ejecutar a nadie con el sombrero puesto.

—Pues tendrás que quitármelo tú —le dijo Bartolomé.

El verdugo se inclinó hacia delante y le quitó el sombrero.

—¿Qué significa esto? —exclamó pestañeando a través de los huecos de su antifaz, al comprobar que aparecía otro sombrero sobre la cabeza de Bartolomé. Volvió a quitarle el sombrero y a continuación otro y otro más. . .

—¡Rayos! —gruñó, dejando caer el hacha al suelo—. No puedo
cortarte la cabeza. Estrechó la mano de Bartolomé y le dijo que
regresara ante el Rey.

El Rey dormía la siesta sentado en el trono.

—¿Qué haces aquí otra vez? —exclamó el Rey furioso porque le habían interrumpido la siesta.

—Lo siento, Majestad —explicó Bartolomé—. No me pueden cortar la cabeza con el sombrero puesto. Va contra la ley.

—Es verdad —dijo el Rey, recostándose con cansancio—. ¿Cuántos sombreros llevamos ya?

—El verdugo me quitó 13. . . y yo dejé 178 en la escalera de las mazmorras.

—Trescientos cuarenta y seis sombreros —murmuró el Caballero Alarico, detrás de su enorme pergamino.

—Tío Derwin —bostezó el Gran Duque Wilfredo—, supongo que tendré que deshacerme de él. Que suba a la torre más alta del castillo y yo, en persona, lo empujaré.

—¡Wilfredo! Me sorprendes —dijo el Rey—, pero, bien pensado, creo que es la única solución.

Y así, el Rey y el Gran Duque condujeron a Bartolomé hacia la torre más alta del palacio. Mientras los seguía por la larguísima escalera, Bartolomé pensaba: "Ésta sí que es *mi última* oportunidad", y se arrancaba los sombreros uno tras otro. ". . . ¡Trescientos cuarenta y siete!. . .", contaba mientras los tiraba detrás de él. ". . .398. . .399. . ." Los brazos le dolían de tanto quitarse los sombreros, pero éstos seguían apareciendo en su cabeza como si nada. ". . .448. . .449. . . 450. . .", contaba el Caballero Alarico, jadeando detrás de Bartolomé.

De pronto, el Caballero Alarico se detuvo y miró con detenimiento los sombreros. Se quitó los lentes triangulares y los limpió con la manga. Miró otra vez y . . . ¡sus ojos no lo engañaban! *¡Los sombreros habían comenzado a cambiar!* El sombrero 451 tenía, no una, sino *dos* plumas! El 452 tenía tres . . . y el 453 tenía tres plumas *¡y un pequeño rubí!* Cada sombrero era aún más elegante que el anterior.

—¡Majestad! ¡Majestad! —llamó el Caballero Alarico.

Pero el Rey y el Gran Duque, seguidos por Bartolomé, ya habían alcanzado lo alto de la torre y no podían oírlo. . .

—¡Acaba de salir y súbete al muro! —dijo bruscamente el Gran Duque Wilfredo—. Estoy impaciente por empujarte.

Pero cuando Bartolomé se subió al muro, el Rey y el Gran Duque se quedaron boquiabiertos. Bartolomé llevaba puesto el sombrero más hermoso que se hubiera visto en el reino de Didd. Tenía un rubí más grande que todos los que poseía el Rey, plumas de avestruz, de cacatúa, de ruiseñor y de ave del paraíso. La misma corona del Rey era insignificante, comparada con tal maravilla.

El Gran Duque Wilfredo dio un paso hacia adelante y Bartolomé pensó que su fin estaba próximo.

—¡Espera! —gritó el Rey, sin poder quitar los ojos del magnífico sombrero.

—*No esperaré* —replicó con insolencia el Gran Duque—. ¡Lo voy a empujar ahora mismo! Este enorme sombrero me ha puesto aún más furioso. Y se acercó a Bartolomé con intención de empujarlo.

Pero el Rey fue más rápido que Wilfredo y lo agarró por el cuello de encaje.

—Esto te enseñará —dijo Su Majestad severamente—, que un gran duque nunca debe replicarle a su rey. Y, poniéndolo boca abajo sobre sus rodillas, lo zurró con firmeza.

—Y ahora —sonrió el Rey a Bartolomé, mientras lo ayudaba a bajar del muro—, me gustaría que me vendieras ese magnífico sombrero.

—. . .498. . .499. . . —se esforzó la voz del Caballero Alarico, que en esos momentos llegaba al final de la escalera— y con *ése* —señaló el sombrero que Bartolomé tenía puesto— ¡son exactamente 500!

—¡*Quinientos!* —exclamó el Rey—. ¿Me lo venderías por 500 monedas de oro?

—Lo que usted diga, Su Majestad —contestó Bartolomé—. Nunca he vendido un sombrero.

Las manos del Rey temblaban de emoción al coger el sombrero. Despacio, muy despacio, Bartolomé sintió que un enorme peso abandonaba su cabeza. Contuvo la respiración y, de pronto, sintió cómo la brisa soplaba a través de su pelo. Su cara se iluminó con una sonrisa. ¡Por fin se había librado del sombrero!

—¡Mire, Su Majestad, *mire*! —le dijo al Rey.

—No, mírame *tú* a *mí* —respondió el Rey, y se puso el enorme sombrero sobre la corona.

Del brazo del Rey, Bartolomé bajó a la cámara del tesoro para contar el oro. Después, el Rey envió a Bartolomé de regreso a la casa de sus padres sin cesta en el brazo, sin sombrero en la cabeza, pero con quinientas monedas de oro en un saco.

Y el Rey ordenó que el sombrero que había comprado y todos los otros sombreros se guardaran para siempre en una gran urna de cristal, junto al trono.

Pero ni Bartolomé Cubbins, ni el mismísimo rey Derwin, ni nadie en todo el reino de Didd pudo explicar nunca cómo había sucedido una cosa tan extraña. Sólo pudieron decir que "sucedió lo que sucedió y no es muy probable que suceda otra vez".